BIBLIOTHÈQUE POÉTIQUE

NEIGE ROSE

POÉSIES DIVERSES

PARIS

IMPRIMERIE ET LIBRAIRIE UNIVERSELLES

DE A. CHÉRIÉ, ÉDITEUR

13, RUE DE MÉDICIS, 13

—

1878

NEIGE ROSE

BIBLIOTHÈQUE POÉTIQUE

NEIGE ROSE

POÉSIES DIVERSES

OMNIA LABORE

PARIS

IMPRIMERIE ET LIBRAIRIE UNIVERSELLES

DE A. CHÉRIÉ, Éditeur

13, RUE DE MÉDICIS, 13

—

1878

PRÉFACE DÉDICATOIRE

~~~~~~~~~~~~

Nous dédions ce livre à tous nos amis qui ont bien voulu nous aider, de leur argent et de leurs bons conseils. Qu'ils sachent que nous ne nous tenons pas quitte envers eux.

Ils nous pardonneront notre inexpérience. D'autres ne nous la pardonneraient pas.

Ainsi donc, merci, chers amis, merci mille fois. Nous comptons sur votre bienveillance comme vous pouvez compter à jamais sur la reconnaissance de

Vos dévoués serviteurs,

Élias Duvilleguet, — Ernest Claudius.

PROLOGUE

Une fois, un petit poète sans génie,

Eut une longue nuit, longue nuit d'insomnie,

Et lorsque le matin, un froid matin d'hiver

Eut ramené le jour, alors son œil ouvert

Fixé sur les dessins grotesques de la vitre,

— Pendant que son esprit cherchait quelque beau titre

Pour son livre — son œil vit sur les champs glacés

(Rêvait-il éveillé?... Sur ma foi, je ne sais?)

Une nappe de neige immense et fraîche éclose,

Et la neige parut à ses yeux toute rose.

Comme ses vers devaient paraître en plein hiver,

Il s'écria soudain : « Mon titre est découvert!... »

. . . .

Si vous lisez, le soir, cette œuvre sans génie,

Vous n'aurez pas, lecteurs, à craindre l'insomnie.

E. CLAUDIUS.

Las! sans trouver un écho dans le monde,
Enfant rêveur, j'ai chanté bien souvent.
Où vont mes chants?... Dans la tombe profonde
Où vont mes vers? Ils vont au gré du vent!...
Sur qui veut-on que mon espoir se fonde,
Je n'aime plus le songe décevant.

Élias DUVILLEGUET.

KHAM [1]

I

Or, un soir, du Maudit la longue caravane
Arriva sur un mont et vit une savane,
Soudain se dérouler à l'horizon sans fin.
Marchant dans les rochers et sur le sable fin,
L'aïeul songeur usait le cuir de ses sandales,
Tandis que ses enfants, montés sur leurs cavales,
Conduisaient les brebis, les bœufs et les chameaux.
— Enfin, père, aujourd'hui doivent finir nos maux,
Dressons donc notre camp dans cette plaine immense,
Nous sommes fatigués, déjà la nuit commence ;

---

(1) Ce poëme a obtenu une médaille d'argent au concours du *Parnasse.*

Ce voyage sans but dure depuis longtemps ! »
— Ainsi parlent à Kham ses fils, las, haletants.

Khous, révolté, lui dit : —

             Seul, tu pourras, sauvage,
Désormais de la mer atteindre le rivage.
Nous n'avons pas péché, mais il faut cependant
Fuir toujours avec toi sous un soleil ardent.

Kham lui répond alors : — Seul, j'ai commis le crime,
Que d'Iahveh je sois donc la seule victime !
Qu'il me comble de maux, car ce crime est le mien,
De mon père j'ai ri : vous m'insultez, c'est bien.
Dormez. Le ciel est noir, il faudra que je veille. »

II

Sous la tente laissant sa femme qui sommeille,
Tremblant à chaque pas, tremblant à chaque bruit,
Le Maudit aux bras noirs s'enfonce dans la nuit.
Il marche... Farouche, il n'entend passer dans l'air
Ni le bruit du vent frais qui lui vient de la mer,
Ni le hennissement des grands troupeaux de zèbres.
— Pas un signe de vie au milieu des ténèbres ! —
Il marche... tout s'est tû, le silence fait peur. —
Hormis l'irrégulier battement de son cœur,
Hormis le bruit de son pas et de son haleine,
Pas un signe de vie au milieu de la plaine.

Il marche... Une sueur perle son front fiévreux,
Sueur froide... La nuit, le désert c'est affreux !
Peu sûr de son chemin, il marche inquiet, sombre,
Et s'arrête bientôt pour écouter dans l'ombre
Un... bruit... fugitif... Blême, éperdu, soucieux,
Il plonge son regard dans la voûte des cieux :
Le désert est sans voix, la nuit est sans étoiles.
De gros nuages noirs, pareils à de grands voiles,
De la lune en roulant lui cachent la clarté.
Il tremble, car des siens il s'est trop écarté.
Ses pieds saignent, meurtris par de fauves épines.

Un rouge éclair soudain lui montre des ruines.

Une ville de mort qui, du fond du ciel noir,
Se détache ; soudain, dans les ombres du soir,
Une ville de mort, une ville très-haute,
Dont depuis bien longtemps l'homme ne fut point l'hôte,
Une ville de mort avec d'énormes tours
Que peuplent maintenant de lugubres vautours,
A ses yeux effrayés se présente muette,
Comme un spectre la nuit à notre âme inquiète.
C'est une citadelle où dans de longs fossés,
Par le souffle des nuits, tristement balancés,
Emergeant çà et là des flaques d'eau saumâtre,
Frissonnent quelques joncs à la tige jaunâtre.
Sous l'aloès aigu, dans les fentes des murs
Vont se réfugier les reptiles impurs,

Que tire du sommeil plein d'ombre et de silence
Le Maudit fugitif qui dans la nuit s'avance.

III

Du centre des remparts un géant chevelu
Surgit. De tout son corps musculeux et velu,
Lentement sur le sol du sang coule et ruisselle...
Sa voix fait résonner l'immense citadelle :
— Kham, Kham, pourquoi viens-tu m'arracher à la nuit,
A la paix de ces murs où je dors loin du bruit
Et loin de l'œil de Dieu que j'ai fui dans la tombe?

Quand là-bas, sur les monts, sur les champs, la nuit tombe,
Près de ces tours de fer tout seul on ne vient pas.
Pourquoi dans ce pays as-tu porté tes pas?

— Parce qu'on m'a maudit.

         — Libre de toute crainte,
Puisque l'on t'a maudit, entre dans cette enceinte,
Construite par mes fils, qui soulevaient un bloc
De granit, comme on prend un caillou. Sur le roc
Les fondements massifs de cette ville énorme
Furent posés.

        A voir de loin sa masse informe,
Ses fossés, ses créneaux, et sa porte de fer
Qui grinçait sur ses gonds, on croyait voir l'enfer.

C'était mon Paradis que cette citadelle,
Mais personne n'osa jamais s'approcher d'elle !
Autrement, là, pendant aux créneaux de ces tours,
J'aurais donné mon corps à manger aux vautours.

Iahveh, roi du ciel, à moi, roi de la terre,
Furieux, résolut de déclarer la guerre.

Pour me soumettre, il dit à l'ange du remord,
De ses soldats le plus à craindre, le plus fort :

— Traque ce révolté comme on traque une bête.
— C'est bien, seigneur Dieu, ta volonté sera faite,
Répondit le chasseur. — Et la nuit et le jour,
Sous la terre, partout, même dans ce séjour,
Il venait m'apparaître ardent dans sa poursuite.

. . . .

N'y pouvant résister, j'en mourus à la suite...

Kham, nous avons tous deux péché ; tends-moi la main.
Eperdu, ne va point poursuivre ton chemin
Sans t'arrêter un jour dans ce désert de sable,
Sauvage, tout en feu, triste, incommensurable,
C'est moi qui suis... Kaïn, le premier criminel,
C'est moi qui suis Kaïn, le meurtrier d'Abel.
Oh ! je me suis baigné dans l'onde de cent fleuves ;
Mais l'implacable Dieu, riant de mes épreuves,
Ne consentit jamais à rendre à ce vil corps

Sa première blancheur : et, le front bas, alors
Ici j'ai dirigé ma course vagabonde
Et me suis étendu dans la fosse profonde,
Tout raide, sur le dos, les yeux fixés au ciel,
Pour lui jeter enfin l'ultime et l'éternel
Défi d'un maudit qui, jusqu'à ce qu'il expire,
En plein jour et partout ne fait que le maudire.
Le jour de mon forfait, Iahveh, le vainqueur,
Mit du sang sur ce front, un fardeau sur ce cœur,
Un œil devant mon œil, un cri dans mon oreille,
Cri que j'entends toujours, même quand je sommeille.
Frère, tends-moi la main. »

                    A son tour, Kham lui dit : —
Oh ! je fus comme toi dès le berceau maudit.
Lorsque j'étais enfant, ma mère, aux blanches tresses,
A ses deux autres fils prodiguait ses caresses :
De Sem et de Japhet j'étais alors jaloux,
D'Abel tu le fus, lorsque Adam sur ses genoux
Prenait ce faible enfant qu'un jour... laissons dans l'ombre
Du passé qui n'est plus ce souvenir si sombre.
La malédiction d'un père courroucé
Obsède à tout moment mon cœur bouleversé.
Bien souvent, soucieux, entendant ce reproche,
J'ai dit à mes enfants : « Puisque la voix approche,
« La gaîté dans le cœur et les fleurs sur le front,
« Autour de votre aïeul chantez, dansez en rond.
« Que le bruit des tambours, des clairons, des cymbales

« Etouffe cette voix qui vient par intervalles
« Livrer mon cœur morose aux lugubres ennuis. »
Les danses, les chansons, l'obscurité des nuits
N'ont rien fait... Pourquoi donc la mer, dans son abîme,
Lorsque je n'avais point encor commis le crime,
Le crime sans pardon, ne me prit-elle pas ? »

IV

Le farouche géant prend Kham dans ses deux bras,
Le presse avec amour sur sa large poitrine.
D'un fauve et rouge éclat son grand œil s'illumine.
Ensemble réunis ils s'embrassent longtemps,
Se serrent corps à corps, comme deux combattants,
Qui, parfois, au milieu de la sombre bataille,
Ayant brisé leurs fers, se tiennent à la taille.

On entendit Kaïn dans l'ombre déposer
Sur le front noir de Kham un fraternel baiser.
Une secousse fit soudain trembler la terre,
Puis, un hibou chanta sa plainte funéraire,
Un rouge éclair brilla de nouveau dans les cieux.
Tout, bientôt, redevint noir et silencieux.

V

Dès le lever du jour, au-devant de sa tente,
La femme du Maudit demeurait en attente ;
Kham ne revenait point : qu'était-il arrivé ?

Lorsque son dernier fils Kanaan, fut levé,
Elle lui dit : — Enfant, ramène-nous ton père,
Peut-être a-t-il couché dans un lieu solitaire. »
S'élançant aussitôt sur un souple étalon,
Kanaan disparut dans l'immense vallon,
Hérissé d'aloès, couvert de grandes palmes
Qui balançaient leurs fronts sur l'azur des cieux calmes.
La mère, du regard, suivit son long chemin,
Il courut très-longtemps et reparut enfin ;
Bien triste, il s'approcha de son aïeule morne
Qui, debout, regardait la savane sans borne.
— Qu'as-tu vu, mon enfant ? lui dit-elle de loin.
Kanaan répondit : — Mère, je fus témoin
D'un spectacle effrayant ; vois, j'en frissonne encore.
Courant dans le vallon qu'illuminait l'aurore,
Je m'étais éloigné de ton œil maternel,
Quand je vis par hasard, en regardant le ciel,
Un vol de grands vautours tournoyer sur ma tête,
Et puis des mamelons, plus loin, raser le faîte,
S'abattre enfin joyeux là-bas ; je les suivis.
En peu de temps j'ai pu les atteindre, et je vis
Des ruines de murs et des tours renversées,
Et des portes d'airain pêle-mêle entassées,
Noirs et muets débris d'un vaste monument.
Lorsqu'à l'intérieur de ce retranchement
J'eus pénétré, soudain j'aperçus Kham, mon père.
Pour s'endormir il vint, hier, dans ce repaire
De verdâtres serpents, d'énormes scorpions

Qui rampent jour et nuit sous le pied des lions.
Il était roide au bas de ces hautes murailles.
Chacals, tigres, vautours, déchiraient ses entrailles. »

Devant Hénoc-Kia, le tombeau de Khaïn,
Qui se fit enterrer dans un noir souterrain
Devant Hénoc-Kia, citadelle géante,
Laissant ses fils, sa femme, endormis sous la tente,
En fuyant son vieux père, en fuyant le remord,
En insultant le ciel, Kham, le Maudit, est mort.

L'ÉTRANGE PROMENEUSE

Lorsque du sein des fleurs, comme d'un encensoir,
S'élève dans les airs une divine haleine,
Dont s'enivre d'amour le nocturne Phalène,
Sous les sapins en pleurs j'aime à venir m'asseoir.

Mystérieusement une femme, le soir,
Dans les sentiers touffus s'égare et se promène
En laissant traîner, comme une dame romaine,
Sa robe de lilas aux bords de velours noirs.

A travers ses cheveux le vent des nuits se joue
Et pose lentement des baisers sur sa joue
Pendant que ses beaux yeux se perdent dans les airs.

Elle a touché mon cœur, car elle est si jolie !
Et me fait oublier les maux que j'ai soufferts,
Car c'est ma blonde sœur, c'est la Mélancolie.

A RAPHAEL

J'aime à te voir rêver, mon peintre, ô mon idole,
De celle dont l'œil noir un jour te fascina
Et que dans tes tableaux ton pinceau dessina
Avec un profil grec, un beau teint de créole.

La Muse, ornant ton front d'une double auréole,
En caractères d'or dans ton sein burina
Deux mots célestes : l'Art et la Fornarina,
Deux mots idolâtrés dont ton âme était folle.

Le fier Buonarotti, ton sévère rival,
Sombre, éternellement plongé dans l'idéal
N'adorait ici-bas que son marbre et ses toiles.

Mais toi, tu fis deux parts de ton sublime cœur,
La Peinture et l'Amour furent tes deux étoiles :
Heureux d'avoir aimé, tu mourus en vainqueur !

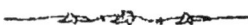

COMPENSATION

J'aime le deuil, grave statue,
Qui vient s'asseoir à mon côté.
V. Hugo.

Un fantôme couvert de noir
Sombre et muet comme le diable,
Les yeux caves, vient sur ma table,
Rêveur, s'accouder chaque soir.

Familier, il aime à s'asseoir
Sur mon vieil escabeau d'érable,
Ce visiteur insupportable
M'a dit : « — Je suis le Désespoir. »

Je me ris de lui. — « Que m'importe
Qu'il vienne frapper à ma porte,
Qu'il se tienne en face de moi !

Un ange hier pencha sa tête
Sur le manuscrit du poète
Aujourd'hui plus heureux qu'un roi.....

———⟶☆⟵———

Jeune fille, l'amour c'est d'abord un miroir
Où la femme coquette et belle aime à se voir.
V. Hugo (Voix intérieures, XXVI).

Au poète l'amour, la grâce aux papillons ! —
Enfant, quand je puis voir ta petite prunelle
Briller sous tes longs cils ainsi qu'une étincelle,
Dans mon cœur les désirs viennent par tourbillons.

Au poète l'amour, le bleuet aux sillons ! —
Quand au balcon, je puis t'écouter, Isabelle,
Par un beau soir d'été, ton accent me rappelle
Le timbre vespéral des lointains carillons.

Au poète l'amour, le parfum à la rose ! —
Pour que la fleur soit belle, il faut bien qu'on l'arrose,
Pour moduler mes vers, il me faut. t'adorer.

Au poète l'amour, au cygne un blanc plumage ! —
Le fruit n'est bon que lorsqu'il vient à se dorer,
Mon cœur est jeune, enfant, je veux t'en faire hommage !

LE CAPTIF

A MON AMI ERNEST CLAUDIUS

> Prie encor.....................
> Pour le prisonnier dans sa tour,
> V. Hugo. (*Feuilles d'automne*).

Si dans une prison basse, avec des murs gris,
Sentant la moisissure, atroce, sans lumière,
Je devais dessiner, étendu sur la pierre
Le corps d'un prisonnier aux longs traits amaigris ;

Je jetterais d'abord un pâle coloris
Dans tous les coins ombreux où blanchit la poussière,
J'accuserais ensuite, à ma sombre manière,
Ses membres décharnés, pâles, endoloris ;

Je donnerais enfin, à son visage blême,
Un vaporeux reflet du lointain firmament
Où nous vivrons d'amour impérissablement.

Car le captif, Poète, est pour nous un emblême :
Loin de son Idéal qui le rend tout pensif
Dans ce monde étranger le poète est captif.

CAPRICE (pantoum).

Sortez des bois, gentes sylphides,
Sortez de vos antres profonds,
Venez dans ma chambre, perfides,
Venez errer sur mes plafonds.

Sortez de vos antres profonds,
Légères comme des phalènes !
Venez errer sur mes plafonds,
Caressez-moi de vos haleines.

Légères comme des phalènes,
Comme eux diverses de couleurs,
Caressez-moi de vos haleines,
Odorantes comme des fleurs.

Comme eux diverses de couleurs,
Venez sur mes avides lèvres.....
Odorantes comme des fleurs,
Soufflez-en moi de douces fièvres.

Venez sur mes avides lèvres
Verser· l'opium des amours;
Versez en moi de douces fièvres
Dans des longs baisers de velours !

LES DEUX PAPILLONS

Un jour un petit et laid papillon,
Papillon des champs, amant des fleurettes,
Chantait ses amours comme les poètes,
Et voltigeait dans un étroit sillon !

« Aujourd'hui je suis engourdi par l'âge,
Que c'est triste, hélas! de devenir vieux !
Je sens se couvrir d'un voile mes yeux,
On ne cherche plus mon amour volage.

« Autrefois j'aimais le bluet du blé,
La nielle pourpre et la pâquerette,
A toutes les fleurs j'ai conté fleurette,
Toutes ont de moi longtemps raffolé.

« Autrefois, dans l'air, mon aile bien blanche
Prenait gentiment son léger essor
Pour s'aller poser sur le bouton d'or,
Sans que sous mes pieds son calice penche.

« Autrefois j'aimais le bluet du blé,
La nielle pourpre et la pâquerette,
A toutes les fleurs j'ai conté fleurette,
Toutes ont de moi longtemps raffolé. »

— Mais un papillon aux couleurs coquettes,
Un beau papillon amant du jardin,
L'entendant chanter, sourit de dédain,
Car il n'aimait pas messieurs les poètes.

JÉSUS-CHRIST

Les clous du Golgotha te soutiennent à peine.
A. de Musset (Rolla).

Quand Jésus sur la croix, laissant tomber sa tête,
Comme il était écrit, dit : *tout est consommé !*
Un long rire éclata, rire inaccoutumé,
Rire strident, semblable aux sons de la tempête,

Rire amer, angoissé, la mort après la fête,
L'immense désespoir après le rêve aimé,
Puis le ciel se couvrit d'un long crêpe embrumé
Et le voile sacré s'ouvrit du bas au faîte.

Quand Jésus-Christ mourut, la nature pleura ;
Insensible et muet, l'homme seul, l'homme ingrat,
Le regarda, sans pleurs, vider ce dur calice.

Quand Jésus-Christ sentit ses yeux se nuager,
Il légua son pardon du haut de son supplice...
— Un cri l'accueillit, mais ce fut pour l'outrager. —

MÉDAILLON

> Dans ces poëmes, je veux faire
> A tous mes beaux rêves défunts,
> A toutes mes chères reliques
> Une chapelle de parfums.
>
> François Coppée. (*Poésies — Prologue*.)

Selon leur douce fantaisie,
Avec de petits rubans bleus
D'autres garderont les cheveux
D'une fille d'Andalousie.

Dans mon cahier de poésie
Nid de mes rêves amoureux,
Moi je garde, enfant malheureux,
Quelques larmes de jalousie.

Car parfois en lisant Musset
Une tiède larme glissait
De ma paupière sur ma joue.

Et je disais en sanglottant :
— Comme de nous l'orgueil se joue —
N'en ferai-je donc pas autant ?

A UN PETIT OISEAU

Pourquoi me quitter, o mon jeune ami ?
Pourquoi donc partir loin de ma tonnelle?
J'ai vu le duvet venir sur ton aile
Quand tes yeux étaient ouverts à demi.

Oh ! reste au milieu de la citronelle
Où tous deux souvent nous avons gémi,
Reste près de moi !!! — Ton corps a frémi...
Du ciel tu veux voir la voûte éternelle.

Puisque tu le veux vole loin de nous,
Va vers le Sud où l'hiver est si doux ;
Mais reviendras-tu vers ton nid de mousse ?

Mais reviendras-tu vers ton compagnon ?
Va, vers le Sud où le désir te pousse,
Oui, va, pour bientôt oublier mon nom.

Octobre 76.

DÉPART

Adieu donc. — Va tout droit.
V. Hugo.

Je chante à tes genoux pour la dernière fois,
Puisque aux champs l'aubépine à son branchage frêle
Attache, en rougissant, les graines de cenelle ;
Puisque brises, oiseaux, tout se fait dans les bois.

2.

Je dois partir demain, partir tout seul! Tu vois
Bien loin des vieilles tours s'éloigner l'hirondelle :
Ainsi je pars, je pars en emportant, ma belle,
Ton cœur comme un bijou, prends le mien, tu le dois.

Lorsque le souvenir, me berçant de ses rêves
Viendra me transporter dans ces murs, sur ces grèves,
Chaque soir près de toi je croirai reposer.

— Le jardin, qui s'effeuille, avant l'hiver morose
Donne un dernier soupir, une dernière rose ;
A ton ami qui part donne un dernier baiser.

La Rochelle, août 1876.

A UN MYOSOTIS

Sur les débris moussus du vieux portail gothique,
Ouvre, étoile d'azur, tes ailes de satin ;
L'abeille te demande un baiser clandestin
Pour distiller du miel de ton sein balsamique.

Je viens te saluer aux fraîcheurs du matin !
A l'air je viens ravir le parfum angélique
Que répand ta corolle autour de ce portique :
Je viens à tes senteurs embaumer mon destin.

Tu sembles refuser le baiser de ma bouche ;
Craindrais-tu que mes doigts sur l'herbe de ta couche
Effeuillent un à un tes pétales d'azur.

Pour façonner son suc la mouche d'or t'embrasse ;
Pour mieux faire couler mon rhythme mol et pùr
Je prends tout ton parfum répandu dans l'espace.

BOSSU, BANCAL, SOURD ET MUET

A FRANÇOIS COPPÉE

> Instrument délicat dans un informe étui.
> F. COPPÉE (Luthier de Crémone).

Au Casino du Mail, on dansait ce soir-là ;
La robe de velours au soyeux falbala
Chuchotait doucement sur le parquet qui brille,
Au milieu de la fête, au milieu du quadrille.

Lui, — pauvre petit sourd, pauvre petit bossu,
Dans un coin du salon, morose, inaperçu,
— Pauvre déshérité des plaisirs de ce monde,
Il regardait tourner la valse vagabonde.

Et si la fille aux bras d'un cavalier mondain
Semblait lui dire avec un regard de dédain :
— « Jeune homme, je te plains car tu n'as point ma grâce ; »

Lui qui de ses douleurs jamais ne se délasse
Il semblait à ces mots répondre avec douceur :
— « O belle, je te plains, car tu n'as point mon cœur. »

La Rochelle, août 1876.

A VICTOR HUGO

... . lis-nous, c'est si gentil,
Monsieur Victor Hugo, quand il était petit.
(Rayons perdus.) Mlle Louisa Siefert.

I

Comme un jeune bouton de rose, frais éclos,
Au soleil printanier se délace et s'étale,
Appelant un rayon sur son chaste pétale,
Où l'aurore amoureuse a laissé ses sanglots;

Comme un petit arbuste, au milieu des enclos,
Se débattant contre une aridité fatale,
Demande pour nourrir sa sève végétale
L'eau qui du ciel parfois tombe et tombe à longs flots...

Ainsi, pauvre bouton, je demande — et c'est juste —
Mon rayon de soleil; ainsi, timide arbuste,
Je réclame un peu d'eau pour ne pas dépérir..

Comme cette célèbre et charmante Captive,
Je voudrais pourtant bien arriver à la rive...
— Ma poésie est jeune, et ne veut pas mourir...

II

Ah ! si Victor Hugo voulait m'encourager,
S'il voulait me jeter un mot, une parole,
Un rayon tout petit de sa grande auréole,
Un compliment, quand même il serait mensonger.

Ce rayon que j'implore, et qui me fait songer,
Allumerait peut-être une flamme si folle,
Que mon sang brûlerait comme un sang de créole
Pris d'un frémissement soudain et passager.

Et mes vers transformés, subissant sa magie,
Voleraient de mon cœur, comme dans une orgie,
L'odeur des vins mêlés avec l'encens léger.

Et toujours inspiré par mon ardente ivresse,
Je serais digne enfin de la douce caresse
De la muse d'Hugo... Veux-tu m'encourager?...

A obtenu une mention au concours du Parnasse du 10 août 1877.

LA TOUX

Hélas ! que j'en ai vu mourir de jeunes filles.
V. Hugo.

I

LA LECTURE

Son front blanc s'est penché sous les longues veillées,
Ses yeux se sont cerclés d'un hémicycle noir...
Elle aimait trop, hélas ! la lecture le soir,
Les poètes, les fleurs, les oiseaux, les feuillées.

Ses yeux se sont cerclés d'un hémicycle noir...
Depuis quinze longs mois mourante, elle s'incline,
Et le rire a quitté sa lèvre coraline,
Tous ses jours sont comptés, il n'y a plus d'espoir !

Elle sait qu'elle-même abrégea sa journée,
Sa mère lui disait souvent qu'elle avait tort,
Mais elle a mieux aimé, l'imprudente ! la mort,
Plutôt que de cesser sa lecture obstinée.

Maintenant une toux arrache à ses douleurs
Quelques cris étouffés. — Plaintes vaines ! Victime
D'un amour excessif quoique bien légitime,
Elle voulait savoir... De là tous ses malheurs !

Sa pommette empourprée et brillante de fièvre
Lui déguise aujourd'hui son misérable état,
Mais c'est la mort, la mort que ce rouge incarnat,
Ce teint si beau qui couvre et sa joue et sa lèvre.

Elle voulait savoir... Son esprit inquiet
Voulait sonder le fond des gouffres insondables,
Mais la fatigue lente, aux traces formidables,
A passé sur ses yeux ses grands yeux de jaiet.

Ses yeux naguère encor si vifs d'intelligence,
Ses grands yeux devenus sans feu, comme hébétés,
Retrouvent par moments d'effrayantes clartés
Pour demander au sort d'endormir sa vengeance...

. . . .

Plaignez-la, jeunes gens! Poètes, pleurez-la!
Que sur sa tombe on mette un cyprès droit et grêle,
Venez la caresser, colombes, de votre aile,
Pour que la jeune fille heureuse dorme là.

II

LE RIRE.

Le disque rougissant du soleil étoilé
De rayons, fait danser sur le zinc des toitures
Ses paillettes d'argent, son feu bariolé,
Vifs et changeants reflets, fantastiques peintures.

Emma, la jeune fille Espagnole, a voilé
Sa figure ridée ainsi que des tentures,
Son front pâlissant comme un lis étiolé,
Et son teint maladif aux terreuses teintures...

Oh! dire qu'elle fût rose comme un corail,
Que ses petites dents du plus limpide émail
Ressortaient autrefois de ses lèvres cerise,

Longue chaîne d'albâtre aux beaux anneaux brillants...
Quel triste changement! Faible comme une brise,
Ses lèvres et sa joue et son front sont tout blancs.

Ah! la brune aux yeux noirs, c'est qu'elle aimait trop rire!
Le rire la tordait... et ses yeux injectés
Grandissaient chaque fois que lui prenait son rire,
Et ce rire nerveux débordait d'âcreté.

Ah! la brune aux yeux noirs, c'est qu'elle aimait trop rire!..
Mais la toux a raison des plus rudes gaietés,
De la plus vaste ivresse et du plus fou délire,
Mais la toux a raison des plus rudes santés.

Ses seins se sont brisés sous ce rire épuisant;
Et sa joue a perdu sa couleur incarnate!
Quel supplice pour elle et quel chagrin cuisant!

Quand sa mère au matin lui fait sa double natte,
Emma gémit tout bas sous ses mornes douleurs...
— Oh! le rire est toujours, toujours suivi de pleurs. —

III

LES FLEURS.

La cruelle mort prend des formes par milliers,
L'une est morte d'amour et cette autre de rire.
Oh ! plaignons celle-ci car elle aimait trop lire,
Morte avant d'accomplir ses souhaits familiers !

J'en connais une, hélas ! morte d'une mort lente ,
Elle adorait les fleurs et leur parfum trop fort,
Imprudente, elle les aima jusqu'à la mort
Et les fleurs ont tué son âme vacillante.

Des fleurs... elle en avait et le jour et la nuit,
Dans un vase, dans deux, dans dix vases énormes...
— L'inexorable mort prend mille et mille formes —
Leur parfum était âcre et lourd comme l'ennui.

Les ingrates, le soir lui versaient l'asphyxie.
Son corps lutta longtemps... elle s'affaiblissait,
Lentement, lentement la langueur se glissait
Sur ses lèvres, et dans sa prunelle obscurcie.

Et plus elle aspirait ces trop rudes senteurs,
Et plus sa joue avait de couleurs blanchissantes,
Plus son sein étouffait sous les fièvres puissantes...
— Morte sous les parfums affaiblissants des fleurs. —

Las ! elle est morte hier en baisant ses amies,
Les papillons rôdeurs en la voyant ainsi
Blanche, mate et sans yeux, la croyaient fleur aussi
Et venaient caresser ses lèvres endormies.

IV

LE JEU.

Douze ans !... Je la voyais jouer à la raquette
Et lancer dans les airs le volant svelte et vif,
S'essuyant par instants d'un mouvement furtif,
Car elle était si mince, elle était si fluette,

Qu'on n'avait pas permis à la fille follette
De trop jouer... — Ce n'est pas trop récréatif
De rester sage et de prendre un air attentif,
Quand on ne vous appelle encor qu'une fillette.

A GENEVIÈVE D.

POUR SA FÊTE.

Si c'était encor le printemps,
J'aurais cueilli, fraîches écloses,
Les violettes et les roses,
Ces mignons petits charlatans.

Mais las ! Janvier à deux battants
Ouvre la porte aux jours moroses,
Plus de jasmins, plus de lauroses
Aux tons de satin éclatants.

Le ciel revêt sa couleur cuivre,
Aux arbres se suspend le givre,
Lugubre bijou des hivers...

Et moi, comme bouquet de fête,
Je n'ai, misérable poète,
Rien que mon cœur et que mes vers.

UN PARIA

I

C'est un arbre qui n'a bientôt plus que l'écorce...
Son visage pâli, ses grands yeux sans éclair,
Son front chauve qui semble un marbre blanc de Corse,
Cet air si maladif, ce teint si mat, si clair,
Si transparent, enfin tout ce grand corps sans force,
Cela fait mal, cela vous va tout droit au cœur,
Et l'on éclate en un rire blasphémateur.

On s'étonne que Dieu laisse vivre un tel homme !
Oh ! qu'il a dû souffrir de peines, de douleurs,
Pour être ainsi réduit à l'état de fantôme !

Qui pourra calculer le torrent de ses pleurs
Parvenu goutte à goutte à cette énorme somme !
Cela fait mal, cela vous va tout droit au cœur
Et l'on éclate en un rire blasphémateur !

— Lui ! ne le plaignez pas, entends-je dire au monde,
C'est un vil paria, le fils d'un déclassé,
On en fait moins de cas que d'une bête immonde.
Qu'il s'en aille bien loin... Quand il sera lassé
Qu'il absorbe un poison, qu'il se jette dans l'onde...
— Cela fait mal, cela vous va tout droit au cœur
Et l'on éclate en un rire blasphémateur.

II

Sous le dur poids d'une accablante peine,
Le destin le plia !
Dans le sentier de la vie, il se traîne
Le pauvre paria !

Si quelquefois sa pensée étincelle
Comme un prisme brillant,
Autour de lui la tempête amoncelle
Son tonnerre bruyant.

Il ne peut pas étaler son génie
Au public envieux.
Et ses jours sont une lente agonie,
Un roman odieux.

Vil paria dont chacun se détourne
Comme d'un ver rampant,
Comme d'une eau verdâtre qui séjourne
Au fond d'un sale étang.

LE PETIT PARIA

FRAGMENTS.

Dix-sept ans... Il a bu de la coupe la lie,
Mais sa lèvre, de boire étrangement pâlie,
Est comme morte... Un lourd frisson le fait trembler.
A qui peut-il ainsi, tout pâle, ressembler ?
Il est plus rabougri que le plus frêle arbuste.
La feuille est moins tremblante, et la fleur plus robuste
Que lui... L'adolescent semble vers son tombeau
S'incliner... — Pourtant son œil est vif, son front beau,
Et sa bouche naïve, un jour a dû sourire,
Avant que le malheur rude y vienne inscrire
Ce pli si dédaigneux, si sombre, qu'il fait peur,
Et cet abattement, cette morne torpeur.

A cet âge, qui peut dire combien de pleurs,
Combien de maux soufferts et combien de malheurs
Il faut, pour faire naître une petite ride ?
Combien ?... pour rendre un cœur de dix-sept ans aride.

Il ne s'est pas courbé toujours amèrement,
Le jeune homme était bon, plein de tendresse, aimant...
Lorsque la vie, ouvrant toute grandes ses ailes,
Lui montra dans les bals des fleurs, et de si belles.
Il aima... mais d'aimer il s'est assis lassé
Le petit paria, le fils du déclassé,
Car nul ne comprenait son chaste amour sincère !
Le malheur le serrait avec sa rude serre.

. . . .
. . . .

« Oh ! sais-tu, si j'étais habile coloriste,
J'esquisserais ma toile à grands traits, sombrement ;
Pour te conter, ami, cette histoire si triste,
Je prendrais les couleurs noires d'un noir roman...

Si, dans ce cœur brisé, battait un cœur d'artiste,
J'aurais de ces longs vers, signes d'abattement,
Ces longs vers larmoyants et dont la note attriste,
Car elle est monotone et traîne affreusement,

Puis j'aurais, à côté, retombant en cascade,
De petits vers plaintifs que la douleur saccade
Comme une eau qui se brise aux cailloux d'un bassin,
Mais je suis un jeune homme au teint bruni du hâle,
Et je n'ai qu'une corde à mon dur clavecin,
Ma voix est une larme et mon cœur est un râle...

. . . .
. . . . . , ...
. . . .

« Je ne vous dirai rien des jours de mon enfance,
C'étaient les jours heureux que ces jours d'innocence ;
Ce ne fut qu'à neuf ans que mon ciel se fit noir...

J'étais dans un collége. Un jour, plutôt un soir,
Ma mère m'appelait, des larmes sur ses joues !

« Enfant, il ne faut plus que désormais tu joues
Ton père..., mon mari... Pauvre enfant !... Il s'enfuit...
De riche qu'il était, il est pauvre aujourd'hui,
Moi, je le suis aussi, mais pourtant je te laisse
Au collège... Travaille, et n'aies pas de paresse. »

Elle était blême... et ses pleurs tombèrent sur moi.
Je pleurai, sans savoir, sans comprendre pourquoi....
Je pleurai, parce que pleurait ma pauvre mère,
Je pleurai parce que s'enfuyait loin mon père...
Elle partit, et moi, triste, je demeurai,
M'isolant, me cachant, tout à mes pleurs livré.

Aussitôt que l'on sut ma peine et ma détresse
Et le sujet de mon accablante tristesse,
Loin de me consoler chacun m'injuria,
M'appelant déclassé, vagabond, paria.....

— « Si les petits enfants, dont le regard s'azure
A contempler le ciel, ont une âme aussi dure,
Oh! que sera-ce.... un jour.... lorsqu'ils auront grandi !
O mon Dieu, mon bon Dieu, m'avez-vous donc maudit. »

Et je pleurais.... Trois ans de ce supplice atroce
Me mirent dans le cœur un désespoir précoce,
Et je devins timide et renfermé; mon sein
Savait garder en lui le murmurant essain
De ses rêves de tendre amour, d'amitié douce.....

Je me cachais ainsi qu'un insecte en la mousse.
Je croyais au bonheur sans oser l'espérer.
Etant d'amers ennuis criblé, comme une cible,
L'amitié me semblait une chose impossible.
Merci mes deux amis, vous avez eu pitié,
Vous m'avez abreuvé d'une sainte amitié,
Vous avez ranimé dans mon cœur l'espérance,
Vous avez écarté mon voile de souffrance,
Et je n'ai qu'un regret, c'est que ce jour ait lui
Qu'il fallût vous quitter.... Je suis triste aujourd'hui
De votre éloignement, de cette longue absence
Dont je n'entrevois pas la fin, triste j'encense
Votre doux souvenir sur l'autel de mon cœur,
Mais ma tristesse au moins est pleine de douceur.

MA MÈRE

Depuis bientôt sept ans, mère, que je t'appelle
    Ah ! ne reviendras-tu jamais !
En songe, quelquefois, la vision cruelle
    Me montre.... et me ravit tes traits.

Je suis bien malheureux, je ne t'ai pas connue.
    J'étais au matin de mes jours,
Quand l'éclair du malheur à sillonné la nue
    De son blafard et vif parcours.....

Souvent sur un tombeau, je songe de ma mère
    Si parfois sur mon front flétri,
Vient briller un rayon de bonheur éphémère
    C'est que ma mère m'a souri.

SOUVENIR

A MON COMPATRIOTE AUGUSTE DE LACAUSSADE

> Les nuages, avec lesquels nous voyageons,
> (ME) parlent d'horizon, d'air pur, de libres courses
> Dans les grands bois charmés du murmure des sources.
>
> F. COPPÉE. *Intimités*

I

Au jardin les oiseaux s'envolaient par milliers
Lorsqu'à dix ans j'étais encore dans mon île.
En l'air le pavillon lançait son campanile
Auprès des flamboyants et des girofliers.

3.

Les lianes d'argent, l'odorante vanille
De la fraîche varangue entouraient les piliers ;
Des grappes de fruits d'or pendaient aux néfliers,
Sous lesquels on plaçait les nattes de manille.

Et les rouges poissons glissaient dans le bassin
Et sous le vent de mer qui soufflait sur la grêve,
Les filaos chantaient tous comme un clavecin.

Ma vie était alors plus riante qu'un songe,
J'étais jeune, et j'aimais les roses du printemps
Roses que n'aime plus mon cœur, cœur de vingt ans.

II

Tout paraît aujourd'hui présent à ma mémoire.
Malgré l'éloignement, d'ici je vois encor
Là sur les blancs cailloux faisant un faible accord,
Le ruisseau promener son bleu ruban de moire.

Plus loin, près du jet d'eau, le bengali vient boire,
Puis, quand le jour s'éteint, dans l'oranger s'endort.
Le frelon paresseux d'une fleur toute d'or
Fait son palais de prince et son brillant ciboire.

En bas, l'Océan bleu dont parfois une nef
Vient tâcher l'outremer en déployant sa voile;
En haut, dans les brouillards le front du Cimandef.

Au loin devant mes yeux l'occident se dévoile;
Je vois les grands pétrels tournoyer sur Saint-Paul
Et la papangue noire au ciel prendre son vol.

III

Comme dans un hamac, mollement balancée
La sultane s'endort au bruit d'une chanson ;
Maurice, l'île sœur, perdue à l'horizon,
Par les flots, par la brise est doucement bercée.

S'éveillant au matin ma folâtre pensée
Près des lacs me conduit sur un lit de gazon
D'où flotte dans les airs la douce exhalaison
Des plantes et des fleurs comme en un gynécée.

Mon esprit, s'égarant dans nos sombres haziers,
Semble revivre aux chants des bengalis, des merles.
Et dans les vétyvers et dans les balissiers,

Je cours... Comme autrefois je regarde les perles
Sur les lisses bambous pétiller en tremblant,
A la rive le flot mettre un liseré blanc.

IV

Souvenir ! souvenir ! frais parfum que la rose
Nous laisse en s'effeuillant ! lorsqu'avec la douleur
Je lutte, ami, tu viens ranimer ma valeur,
Me prenant pour un lys qui voudrait qu'on l'arrose.

Tu me portes parfois à l'ombre d'un longhose
Pour m'y faire un moment oublier mon malheur.
Alors comme le lys je quitte ma pâleur,
Avec toi seul, ami, je souris et je cause,

Comme je souriais et causais autrefois :
Autrefois quand j'avais dix ans, quand j'étais libre,
Près de nos bassins bleus, sur nos monts, dans nos bois.

Sous les doigts doucement la harpe tinte et vibre ;
A ta voix, souvenir, mon âme vibre aussi,
Je te suis dans mon île, en demeurant ici.

SÉPARATION.

— L'amour, l'amour est mort avec la volupté !
Nous avons renié la passion divine.
LECONTE DE LISLE (*Poëmes barbares*).

J'ai déposé mon cœur dans tes mains fraternelles,
Mon cœur plein de désirs comme un nid plein d'oiseaux,
Désirs qu'ont étouffé d'invisibles réseaux.
— Mais toi, tu ne voulais que des amours mortelles.

Je t'ai donné mon cœur aux blanchissantes ailes,
Mon cœur où l'Idéal déroulait à longs flots
Les senteurs des vallons, des forêts, des ruisseaux ;
Mais toi..... tu ne voulais que des amours charnelles.

Moi, je cherchais l'amour, et toi, la volupté.......
Qu'un jeune libertin restant à ton côté,
Remplace désormais ton pâle amant morose.....

Tu m'as renié — mais, ai-je dit en rêvant,
Pourquoi donc m'attrister ? Sur terre on voit souvent,
L'escargot sur le lys, la guêpe sur la rose.

Cette pièce a obtenu une mention au 2ᵐᵉ concours du *Parnasse*.

CONSOLATION.

J'ai dit à la rose : — Ouvre-moi ton sein,
Je veux m'enivrer de senteurs divines.
La rose m'a dit : — Poursuis ton chemin,
A d'autres ma grâce, à toi mes épines. »

J'ai dit au bouvreuil : — « Sous l'ombre des bois,
Pour me consoler soupire ta plainte.
Le bouvreuil m'a dit : A d'autres ma voix,
A toi la douleur, le fiel, et l'absinthe. » —

J'ai dit à l'enfant : « Je suis sans amis.
Pour me consoler daigne me sourire. »
Et l'enfant m'a dit : « Poëte, gémis
Moi je ris toujours quand se plaint ta lyre »

De nouveau j'ai dit : — « Oiseau, fleur, enfant,
Soulagez mon cœur d'où fuit l'espérance. »
Ils m'ont répondu : — « Si ton cœur se fend,
Ne murmure pas et prends confiance. »

LE BIEN-AIMÉ DU VOLONTAIRE.

O ma blanche fleur éclose au printemps,
Vous ne vouliez pas d'un cœur de vingt ans.

Il va dès demain partir pour la guerre
Celui qui de vous raffolait naguère.

Quand vous apprendrez que dans un combat
Votre malheureux amant succomba,

En pensant qu'il dort seul dans les bruyères
N'allez point pour lui dire des prières.

Qu'il tombe vaincu, qu'il tombe vainqueur,
Quelqu'un sans tarder lui prendra son cœur.

Ce quelqu'un sera, brune demoiselle,
Mon bien-aîmé qui vole à tire d'aile.

Il vous portera mon cœur et mes yeux
Mon bien-aimé qui vole dans les cieux.

Vos baisers sont froids comme de la glace,

. . . .

Ceux du bien-aimé qu'arme un bec de fer
Seront plus brûlants qu'un foyer d'enfer.

Il aime la chair des morts qui fait vivre
Mon bien-aimé qu'au ciel on ne peut suivre.

Oh ! mon bien-aimé certes il est beau !
Oh ! mon bien-aimé c'est un noir corbeau.

C'est me direz-vous un amour infâme.
Moi je le préfère à plus d'une femme.

———————✳———————

LA COUSINE.

A VICTOR HUGO

A quoi bon ce sein blanc sans cette bouche rose ?
        V. Hugo.   (*Fiat volontas.*)

Préservez-moi, Seigneur, préservez ceux que j'aime
Frères, parents, amis et mes ennemis même
        Dans le mal triomphants,

De jamais voir, Seigneur, l'été sans fleurs vermeilles
La cage sans oiseaux, la ruche sans abeilles,
        La maison sans enfants.
                V. Hugo.

Seule, elle rêve à son balcon. — C'est le matin.
Tristement son regard flotte sur le jardin.

Le laiteux horizon se nuance de rose,
Aux baisers du soleil tout s'anime et tout cause.

Il neige ! il neige ! il neige ! et pourtant c'est l'avril,
Et pourtant des oiseaux on entend le babil,
Et pourtant le printemps vient avec son cortège
De verdure, de fleurs et de parfums.

                                    Il neige,
Et des fleurs de pêcher et des papillons blancs.

L'air est rempli du bruit que font les cerfs-volants.

Muette, à son balcon, elle rêve, elle pleure.....
Un songe triste et noir de son aile l'effleure.

Elle dit : « Le printemps sourit..... mon cœur se fend.......
Je ne verrai jamais à mon sein un enfant
Pendre, comme un fruit pend à l'arbre qui le porte.
Depuis quinze ans déjà l'illusion est morte.
Le rire a fui ma lèvre et la gaieté mon cœur,
Au fond duquel, hélas ! j'ai trouvé la douleur
Comme on trouve la lie affreuse au fond du verre.
Pourquoi n'ai-je donc pas un enfant, Dieu sévère ?
Les arbres ont des fruits, les rosiers ont des fleurs,
Tandis que dans mes yeux, moi, je n'ai que des pleurs. »

Pauvre femme ! l'espoir au sourire angélique
Ne fait jamais briller son œil mélancolique
D'un éclair passager qui parle de bonheur.

Elle avait confiance en ta bonté, Seigneur,
Quand jeune elle disait : « Plus tard, je serai mère. »

Tout a fui : rêves d'or, allégresse éphémère,
Mirages, dont les yeux trompeurs sur l'avenir
Jetaient une lueur d'amour et de plaisir,
Epanouissement de la folle jeunesse,
Que la réalité vient changer en tristesse.

Au milieu du travail, quand sur le canevas
Son aiguille s'égare, elle gémit tout bas
Et sous ses longs cils d'or coulent de chaudes larmes.
Pour elle l'existence a perdu tous ses charmes !
Pour elle le printemps avec son beau ciel clair
Ressemble au ciel gris, froid et morne de l'hiver !

Oh ! ne lui parlez pas des voluptés du monde,
Des bals et des festins où la richesse abonde,
Des salles de spectacle aux lustres de cristal,
Aux plafonds tout d'azur, aux parvis de santal,
Pleines, même en hiver de roses printannières,
D'ivresses, de parfums, de bruits et de lumières !

Non. Ne lui parlez point d'opéras, de concerts,
Des plaisirs les plus beaux, des plaisirs les plus chers,
Des salons où l'on rit, où l'on chante, où l'on danse,
Où la vive gaieté, fille de l'opulence,
Brille sur tous les fronts et rit dans tous les cœurs,

De l'orchestre enivrant, des duos et des chœurs
Qu'accompagnent la valse aimée et le quadrille
Dont rêve tout jeune homme et toute jeune fille,
Qui n'ont point vu le jour sans qu'il leur fût serein ! ...

— Elle voit ces plaisirs, ces bals avec dédain. —

Oh ! gardez-vous surtout de parler devant elle
Des tout petits enfants en robes de dentelle
Que l'on voit sur le sein des mères s'endormir.
Ces anges dont la vie est pour nous un plaisir
Font dérider nos fronts, font sourire notre âme
Mais font hélas ! toujours pleurer *la pauvre femme*.

TOMBE SANS NOM

> Muse.....
> Si parfois, oiseau solitaire,
> Tu redescends sur cette terre,
> Tu te poses sur un tombeau.
>   V. Hugo. — Voix intérieure.

Au détour d'un sentier une croix solitaire
Un tombeau délaissé s'offriront à vos yeux.
Le marbre du défunt reste silencieux,
Là vous ne verrez pas une urne funéraire ;
Pour vous tous, étranger, son nom est un mystère.
Au détour d'un sentier une croix solitaire,
Une tombe sans nom paraîtront à vos yeux.

Moi seul, je le connais, — Il me savait sourire,
Et moi seul, je l'ai vu sur son lit expirer,
Sur sa tombe aujourd'hui, moi seul, je viens pleurer !
Pour lui j'étais un frère ; il me savait tout dire,
Dans mon cœur à son tour son regard savait lire,
Moi seul, je le connais. — Il me savait sourire,
Et moi seul je l'ai vu sur son lit expirer.

Il fallait qu'une main écartât de la pierre
Les herbes qui croissaient au retour du printemps ! .....
— Oh ! s'il vivait..... hier il aurait eu vingt ans.....
Sans frères, exilé dans ce noir cimetière
Depuis deux ans il dort sous ces touffes de lierre :
Il fallait qu'une main écartât de la pierre,
Les herbes qui croissaient au retour du printemps.

Il vécut ignoré.... — Chaque feuille qui tombe,
En octobre, vient mettre un voile sur son nom.
Hélas ! lorsque l'hiver attache à l'horizon
Le vêtement brumeux du ciel gris qui se plombe
Nul ne pense à poser quelque fleurs sur sa tombe.
Il vécût ignoré !.. — Chaque feuille qui tombe,
En octobre, vient mettre un voile sur son nom.

NOVEMBRE

Les beaux jours sont passés ! le froid noir de décembre
Condamne le poéte à l'exil de sa chambre.
H. Moreau.

Novembre ! plus de chants ! plus de joyeux propos !
    Plus de filles près des fontaines !
On n'entend plus le soir les clochettes lointaines
    Marquer le retour des troupeaux.

Novembre ! c'est le froid rigoureux qui commence,
    C'est l'aube perdant ses rougeurs,
C'est, à l'horizon gris, des oiseaux voyageurs
    Le vol triangulaire immense !

Oh ! c'est l'hymne de deuil que chantent les oiseaux,
    Que la brise dit à la tombe
Le malade pensif à la feuille qui tombe,
    Et les vieux saules aux ruisseaux.

Novembre ! c'est la nuit qui vient sans crépuscule
    Le jour qui fuit paisiblement
Ou le mélancolique et long chuchotement
    Du vent, qui toujours circule.

Novembre ! c'est le ciel sombre comme du plomb,
    C'est la bruine, c'est la bise,
Imitant les soupirs d'une âme qui se brise ;
    C'est le brouillard dans le vallon.

Novembre ! c'est la longue et lugubre agonie
  De la nature à son déclin :
Les lacs, les monts, les bois, les sentiers, tout est plein
  D'une affreuse monotonie.

Les clochers dans les champs, dès le petit matin,
  Les noirs donjons sur la colline
A travers un brouillard de claire mousseline
  Se profilent dans le lointain.

La nature, en ce temps, mourante infortunée,
  Présente un spectacle affligeant ;
Et le givre met ses filigranes d'argent
  Aux vieilles toiles d'araignée.

Novembre ! les étangs vont se geler demain.
  Et le ruisseau mélancolique
Pour moi ne dira plus sa chanson métallique
  Sur les cailloux de son chemin.

Les frênes, les bouleaux, les tilleuls et les charmes,
  Comme des spectres décharnés,
Se lamentent, le soir, sur la route alignés.
  Hélas ! leurs glaçons sont leurs larmes !

REMORDS. (terza rima)

A MON AMI ELIAS.

O chagrin ! O douleur ! pleure sur ta colombe.....
Elle était vierge encor lorsqu'elle t'a quitté ;
Aujourd'hui sur son front la débauche se plombe.

Son teint est alangui, son visage effrité,
Elle se cache au sein défeuillé du bois morne,
Elle est triste, et gémit sur sa virginité.

Depuis qu'elle écouta le désir qui suborne,
La tristesse est entrée en son cœur affaibli,
Elle n'ose voler dans l'horizon sans borne...

Plains ta pauvre compagne au visage pâli,
Ne vas pas la gronder, mais pardonne, pardonne,
Et pour la consoler verse lui de l'oubli.....

Sous le poids du chagrin la force l'abandonne.

AVANT DE SE NOYER.

L'arbuste murmurait à l'oiseau passager :
— Ne t'en va pas si haut, car tes petites pattes
M'ont fait frémir le cœur sous leur contact léger
Et mon sang a jailli jusqu'à mes feuilles plates. —

Le triste roc disait au chamois bondissant :
— Ne saute pas si loin je tremble pour ta vie,
Et j'ai beau resserrer chaque abîme béant,
Je tremble à chaque bond..... Cesse, je t'en supplie —

— Mais moi, qui donc, qui donc garde mon souvenir ?
Qui donc ai-je jamais fait tressaillir de joie?
Près du gouffre, qui donc voudrait me retenir ?
Qui donc pourra verser des pleurs si je me noie.

LA ROSE.

Je me suis dirigé, ce matin, à pas lents,
Vers l'églantier fleuri que personne n'arrose,
Les pleurs du crépuscule avaient couvert la rose
De bijoux cristallins, de rubis scintillants.

A peine elle entr'ouvrait sa gorgerette close ;
Et le soleil avec ses rayons ondulants,
Et l'abeille rôdeuse, et les papillons blancs
Baisaient son vert calice et sa corolle rose.

Chaste, elle ramenait — manteau frêle et subtil —
Ses pétales de pourpre autour de son pistil
Pour dérober aux yeux le secret de ses charmes.,...

Mais plus d'un silphe blond, ravi par ses couleurs,
Sur le front rougissant de la vierge en alarmes
Vint déposer, mutin, ses baisers cajoleurs.

NAPOLÉON Ier

(SONNET IRRÉGULIER)

> Oui l'aigle, un soir, planait aux voûtes éternelles
> Quand un grand coup de vent lui cassa les deux ailes.
> V. HUGO.

La foule sur ses pas s'empressait d'accourir,
Avide de sonder l'éclat de sa prunelle ;
Les princes à sa voix se hâtaient d'obéir,
L'aigle couvrait partout la terre de son aile.....

La Victoire, attentive à son moindre désir
Lui donnait chaque jour une palme nouvelle.
Un mot, un geste était comme un ordre pour elle
Et le héros voyait tous ses vœux s'accomplir !

Mais, quand il crut avoir fixé cette volage,
Qu'il crut l'avoir enfin enchaînée à son char,
Elle se révolta contre son esclavage,

Elle s'enfuit bien loin du feu de son regard,
Et lui, tout accablé, surpris de son veuvage
Il dut aller mourir sur un lointain rivage.....

CHASTE AMOUR

Quoi tu rêves de moi ? N'en dis rien à ta mère ;
Car on rêve souvent de ce qu'on a pensé,
Elle te gronderait avec sa voix sévère,
Et te dirait : « Henri n'est pas ton fiancé.

« Pense donc au bon Dieu, pense à la Sainte Vierge
Rêve de ton bon ange et de tes saints patrons
A qui tu dois donner des fleurs et puis un cierge ;
C'est mieux que de rêver à de jeunes garçons. »

Si ta mère savait que ton esprit voyage
Dans ce monde inconnu qui s'appelle l'amour,
— Car rêver, entends-tu, lorsque l'on a ton âge,
C'est aimer, — si son œil te surprenait un jour

En train de me manger des yeux, que dirait-elle ?
N'en dis rien à ta mère et garde tout pour toi,
Car c'est une amitié charmante et fraternelle
Qui fait battre ton cœur, quand tu rêves de moi !

L'autre jour, tu brossais ton ruban d'azur tendre,
Lorsque tu me vis seul, n'osant pas m'embrasser
Tu baisas ton ruban. — Les cœurs savent entendre
Ce langage, et de mots peuvent bien se passer.

4.

J'ai compris ce baiser, et dès ce moment même
Mon cœur s'est écrié : « Merci, vous me comblez,
Puisque vous avez fait, mon Dieu, qu'enfin on m'aime,
Et mes songes vers lui purs se sont envolés. »

ÉTRANGE AMOUR.

Celle que j'aime est une folle,
Qui se met des fleurs d'or au front
Autour d'elle on danse en rond,
Mais sur sa tête de créole
Brille une angélique auréole.....

Elle a dans ses yeux égarés,
A travers sa douce folie,
Des éclairs de mélancolie.....
Et dans ses longs cheveux moirés
Elle a des rubans bigarrés.

Elle a dans toute sa personne
Quelque chose, comme un aimant.
Qui m'attire infailliblement ;
Car, de plaisir, mon cœur frissonne,
Dès que sa pure voix résonne.

Je rêve d'elle chaque soir,
Et je la vois, vive et badine,
Avec sa robe en grenadine
Bleue et sa robe en velours noir,
A mes côtés venir s'asseoir...
Je rêve d'elle chaque soir !

J'aime et j'adore sa folie !
Quand elle danse une polka
Son œil brille, comme un mica,
Et sa paupière est si jolie,
Qu'il me semble voir Ophélie....
J'aime et j'adore sa folie.

C'est un amour sans précédent !
Quel homme pourrait prendre envie
D'aimer la folle, un cœur sans vie?
Je l'aime d'amour cependant
Je l'aime d'un amour ardent,
C'est un amour sans précédent !

Celle que j'aime est une folle,
Qui se met des fleurs d'or au front.
Autour d'elle on danse en rond,
Mais sur sa tête de créole
Brille une angélique auréole.....

. . . .

Celle que j'aime est une folle.

DEUIL

Chaque étoile qui file
Nous présage un cercueil ;
Sous le bosquet tranquille
J'en vis une un jour, et je suis en deuil.

Ma pauvre mère est morte
Comme l'éclair qui meurt,
Comme la feuille, qu'emporte
Le vent bruissant son écho dormeur !

Morte à la fleur de l'âge !
Quand tout lui souriait
Lorsque sur notre plage
La brise d'été gaiement se jouait.

Chaque étoile qui file
Nous présage un cercueil
Sous le bosquet tranquille
J'en vis une un jour, et je suis en deuil...

Morte ! lorsque l'haleine
Du parfumé printemps
Caressait le phalène
De sa lèvre d'or qui fuit les autans.

Lorsque la fleur follette
A ses regards distraits
Etalait sa toilette,
Sa peau satinée et ses doux attraits.

Chaque étoile qui file
Nous présage un cercueil;
Sous le bosquet tranquille
J'en vis une un jour, et je suis en deuil.

Je l'aimais tant! ma mère!
Lorsque j'appris sa mort
Une tristesse amère
Etrangla mon cœur ainsi qu'un remord.

Je vis sa face pâle....
La mort avait empreint
Sa majesté fatale:
Fixité des yeux, et pâleur du teint.

Chaque étoile qui file
Nous présage un cercueil,
Sous le bosquet tranquille
J'en vis une un jour, et je suis en deuil !

A cet aspect terrible
Je frémis de stupeur.
Ce visage insensible
Moit, décoloré, glacé, me fit peur.

Cadavre de ma mère,
Pardon ! j'eus peur de toi !
Ombre, qui me fus chère,
Pardonne à ton fils ! oh ! pardonne-moi !

Chaque étoile qui file
Nous présage un cercueil,
Sous le bosquet tranquille
J'en vis une un jour, et je suis en deuil.

ENCORE AU MAITRE

Chaque étoile gravite autour de son soleil.
Chaque poète vient te saluer, ô Maître,
De la déesse Muse ô sublime grand prêtre
Qui fais monter ton vers au pur encens pareil !
Grâce à toi l'art vieilli redevenu vermeil
S'est senti rajeunir, et s'est senti renaître
Comme une pousse née aux pieds morts d'un vieux hêtre
Fait que l'arbre qui meurt se prépare un réveil.
Oh ! quel jeune homme froid, sans pleurer, peut te lire
Quand ton pinceau charmant peint l'enfance en délire
Sa joie et sa tristesse et son rire ingénu !
Oh ! tiens, je vois encor deux toute jeunes filles
Six ans toutes les deux, blanc visage et col nu,

Ovales encadrés dans les vertes charmilles;
Un petit cri soudain, cri joyeux, frémissant,
Auquel répondent trois cris de joie et d'ivresse,
Et je les vois courir et, candide caresse,
Deux en embrassent trois..... Baiser retentissant,
Chacun tombait avec un mot, un doux accent,
Une main qui replace une rebelle tresse,
Toutes papillonnant, et chacune se presse
De présenter à l'autre un beau front rougissant.
C'était délicieux.... et je disais dans l'âme
Ces beaux vers que tu fis, que chaque enfant réclame,
Et que chaque homme même a dans le fond du cœur.
Je suis ainsi que Toi, j'adore l'innocence ! ....
Voir les enfants jouer, tourbillonner en chœur....
Ce me sera toujours une réjouissance.

LUCIOLE

Éclair de la nuit veloutée.
Flamme qui reluis en tremblant,
Petite lumière enchantée,
Goutte de lait, feu follet blanc,

Viens briller étoile de nacre,
Ta clarté, repose les yeux,
Du soleil petit simulacre,
Vif diamant tombé des cieux !

Lorsque l'aile du crépuscule
A battu l'air de son essor,
Oh ! viens vite, viens et circule
Avec des feux d'argent et d'or.

Aussitôt que le pâle Morphée
Penche les rosiers quiescents,
Accours toute-puissante fée,
Reine aux levers phosphorescents.

A MA LYRE

Maudite soit ma rêverie
Et ma sotte distraction
Et mon incurable folie !
J'allais me croire, à moi, de l'inspiration

Pour quelques strophes à ma lyre,
Où je disais dans mon délire,
Que parfois rimailleur heureux
J'en tirais, frémissant, des sons harmonieux.

Lecteurs, vous savez si je tire
De ma lyre
Des sons harmonieux.....
Dans une mordante satire
Vous eussiez répondu : « Quel fat ! quel orgueilleux ! »

A LECONTE DE LISLE

Tu ranimas chez nous la poésie antique,
Poésie au vol large, aigle superbe et fort
Qui plane dans les cieux, et dans les cieux s'endort
Loin au-dessus des tours, et du mont granitique.

Ces tableaux réguliers et ces longs profils grecs,
Cette beauté sévère, austèrement sublime
Et ce travail enfin bien poli par la lime,
Revivent sous ta plume aux durs et puissants becs.

Salut à toi ! Condor à l'aile immense et rude,
J'aime ton rhythme grand comme une solitude,
Comme une mer sans fin aux flots retentissants,

Et si je te dis « tu », pardon ! pardon, ô maître !
C'est que je sens pour toi mon amour vaste naître,
C'est que je t'aime, et que tes beaux vers, je les sens !

LETTRE D'UNE JEUNE FILLE A SON FIANCÉ

Mon petit fiancé, je t'aime et te l'écris.
Voilà quatre longs jours, quatre immenses journées
Que je maudis ton père heureux qui t'a repris
Pour goûter la saveur de tes dix-neuf années.

Ton visage encadré dans son cadre tout noir
De barbe et de moustache, et tes yeux bruns qui rêvent,
Je les vois me fixer au pied du lit, le soir,
Et les rayons du jour, à l'aube les enlèvent.

Es-tu toujours aussi timide, aussi poli ?
Penses-tu quelquefois à la petite Alice ?
Son portrait que tu dis souvent être joli,
L'as-tu près du cœur où ta main furtive glisse ?

Sais-tu que c'est méchant, très-méchant, de quitter
Quelqu'un qu'on aime. Va, mais je suis rancunière
Et je ferai semblant de ne pas écouter
Quand tu viendras cogner à l'heure coutumière.

Je saurai te punir. Et lorsque la maman
Te dira : « Baise donc Alice sur la joue »,
Eh bien ! je resterai là sérieusement
Et même je ferai ma plus vilaine moue.

Et ce sera bien fait pour Monsieur le trop vif,
Cela vous apprendra..... mais tu me feras rire
Car déjà je contiens un sourire furtif.
C'est trop fort..... Je t'embrasse et finis de t'écrire.

LES PLAINTES D'UN PRISONNIER

Entendez-vous cette voix déchirante
Qui se marie aux concerts des oiseaux ?
C'est un amant qui pleure son amante
Un prisonnier qui gémit sur ses maux :

« Te souvient-il, ô ma douce Isabelle,
De ces serments que tu faisais là-bas !
Tu me jurais d'être toujours fidèle
En me donnant un « ne m'oubliez pas. »

Je l'ai toujours cette fleur, ce doux gage,
Mais n'as-tu pas oublié tes serments ?
Un jeune cœur est bien souvent volage....
Tu n'as hélas ! que tes dix-neuf printemps.

Tu te souviens.... oui j'en ai l'espérance,
Depuis deux ans tu me gardes ton cœur.....
Ce doux penser allège ma souffrance,
Pour un instant ranime mon ardeur.

Tout est joyeux, content dans la nature,
L'oiseau dans l'air chante sa liberté,
Seul je gémis dans ma prison obscure,
Car j'ai perdu toute félicité.

Depuis deux ans captif dans la tourelle,
Je me débats sous une dure loi.....
Vous gémissez, plaintive tourterelle
Mais eûtes-vous tant de douleurs que moi.

Si Dieu du moins entendait ma prière,
S'il me rendait à la clarté du ciel
J'oublierais vite et souffrance et misère,
Laissant l'absinthe « et savourant le miel. »

Tel fut son chant.... Un lugubre silence
Seul, accueillit ses douloureux accents
Mais une voix lui criait : « espérance !
De ton pays tu vas revoir les champs ! »

. . . .

Le lendemain il jetait sur sa lyre,
Des doigts joyeux, des tons pleins de gaieté.
Il avait vu finir son long martyre,
On lui rendait enfin la liberté.

UNE MÈRE

Quand Lisette s'endort, en grand deuil, chaque soir,
Auprès de son berceau, qui s'incline et chancelle
Au toucher d'une main, comme une balancelle
Au bercement des flots, sa mère vient s'asseoir ! ...

Pauvre âme·! .... Le frisson la saisit rien qu'à voir
Un petit lit de fer, qui s'offre devant elle,
Vide, avec des rideaux aux franges de dentelle,
C'est celui de Raoul qui n'est plus au manoir.

Au lieu de sommeiller, alors la femme pleure,
Car tous les cœurs souffrants pour pleurer ont une heure
Comme la mer en a pour son flux et reflux :

Car, sans qu'elle le veuille, ô contraste funeste !
Si son œil aperçoit encor l'enfant qui reste,
Son cœur pense toujours à l'enfant qui n'est plus.

CŒRULEUM ATQUE NIGRUM

Les lettres qu'à l'instant je viens de recevoir,
M'arrivent de mon île où le vent qui murmure
Fait chanter les bambous... Elles ont pour parure
L'une un liseré bleu, l'autre un liseré noir.

Sur celle que garnit une sombre bordure
Je lis : — Lorsqu'il mourut, il vous dit : « Au revoir! »
Priez pour son repos, prier est un devoir.
Priez, vous lui rendrez la souffrance moins dure. —

Sur celle dont les bords sont d'azur : — Fier et beau,
Descendu sur la terre, au seuil de notre porte
Un esprit déposa cette nuit un berceau. —

— Donne, donne, ô mon âme ! et de la même sorte,
Ta prière à l'ami que l'on porte au tombeau,
Ton sourire à l'enfant qu'un ange nous apporte.

LE CHANT DU SOUVENIR

Je l'aime ! — Quand je puis voir sa rose figure,
Je me sens mollement bercer dans un hamac,
L'illusion m'endort avec un doux murmure.
— De blanches visions m'emportent près d'un lac.

Je l'aime ! — Quand je puis voir sa douce prunelle
Me jeter une œillade ou de furtifs éclairs,
Sous un voile azuré tout bordé de dentelle.
— De blanches visions me portent près des mers !

Oui, je l'aime ! — A l'amour je présente mon âme
Comme aux brises la fleur présente son pollen,
Comme on tendrait la joue aux baisers d'une femme.
— De blanches visions m'emportent dans l'Eden.

Je t'aime ! — quand le soir la pâle Rêverie ,
Pour m endormir, étend ses deux ailes sur moi ;
Alors que les brouillards courent dans la prairie.
— De blanches visions m'emportent près de toi.

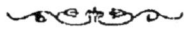

VAH !

Franchis le désert, rapide cavale
Pour gagner ce soir la verte oasis :
L'haleine du vent que ta bouche avale
Roule et vole au loin en forte rafale.
Dans le ciel vois-tu voler un ibis ?
Pour gagner ce soir la verte oasis,
Franchis le désert rapide cavale.

Ce soir nous verrons l'ombre des dattiers,
Ce soir près des eaux de la source fraîche.
Là-bas, à l'écart, de frêles palmiers
Abritent, la nuit, les pauvres ramiers,
Seuls dans le désert que le feu dessèche.
Ce soir près des eaux de la source fraîche
Ce soir nous verrons l'ombre des dattiers.

Compagne, franchis la blanche savane ;
Le désert est comme un bûcher flambant ;

Dans le sable chaud que le simoun vanne
Nous pourrons trouver une caravane
Cheminant encore au soleil tombant.
Le désert est comme un bûcher flambant;
Compagne, franchis la blanche savane.

Il faut dépasser le sable onduleux
Pour trouver plus tard l'eau de la citerne.
Au loin le profil d'un roc anguleux
Tache le désert aux sillons houleux
Qui fatigue l'œil de leur teinte terne.
Pour trouver plus tard l'eau de la citerne
Il faut dépasser le sable onduleux.

Comme fait l'autruche ou la sauterelle,
Vole vers le Sud, vole, ô ma jument,
Comme loin de nous, hélas! l'hirondelle,
Lorsque vient l'été fuit à tire d'aile.
Brave le simoun courageusement.
Vole vers le Sud, vole, ô ma jument.
Comme fait l'autruche ou la sauterelle

Si venait le vent nous mourrions tous deux
Couchés pour toujours dans le sable immense.
Vois-tu ces dattiers là-bas? Sous l'un d'eux,
L'œil en feu, se tient l'Anubis hideux;
Car là seulement le désert commence.
Couchés pour toujours dans le sable immense
Si venait le vent nous mourrions tous deux.

Autour d'un grand feu qui flambe et pétille
Nous verrons ce soir les bruns cavaliers ;
Quand sur les coteaux l'étoile scintille
Le soir, vers le port, revient la flottille,
Tels dans l'oasis, démons familiers,
Nous verrons ce soir les bruns cavaliers
Autour d'un grand feu qui flambe et pétille.

Voici les figuiers rouges de fruits mûrs,
Des arbres voici l'ombrage propice.
Pourquoi donc ce soir dormir sous des murs ?
Nous n'entendrons pas près de ces lieux sûrs
Hurler les chacals dans le précipice.
Des arbres, voici l'ombrage propice,
Voici les figuiers rouges de fruits mûrs.

Arrête déjà, cavale rapide,
Nous avons atteint le lieu du repos.
Tu te baigneras dans une eau liquide
Là tu trouveras, compagne intrépide,
Du Bédouin cuivré les nombreux troupeaux.
Nous avons atteint le lieu du repos,
Arrête déjà, cavale rapide.

5.

PANTOUM

Ce ciel gris m'est fatal!
Parfois sur le rempart de sa... prison,
On le voit poursuivant sa chimère innocente,
Caresser de ses doigts une guitare absente,
Et, les regards au ciel, le seul pays natal,
Se chanter à voix basse un air oriental.
                                        F. COPPÉE.

Adieu rayons, amis de la mansarde !
Ne partez point : demain viendra l'hiver,
J'aurai bien froid, car mon mur se lézarde.
Ne partez point : le ciel est gris de fer.

Ne partez point : demain viendra l'hiver,
Demain le froid, le brouillard et la neige !...
Ne partez point : le ciel est gris de fer.
Rayons amis, quand donc vous reverrai-je ?

Demain le froid, le brouillard et la neige !...
Privé de vous, demain je serai seul !...
Rayons amis, quand donc vous reverrai-je ?
Je puis des morts revêtir le linceul...

Privé de vous, demain je serai seul !...
Avant qu'ici revienne l'hirondelle,
Je puis des morts revêtir le linceul.
Vers son déclin l'an vole à tire d'aile...

Avant qu'ici revienne l'hirondelle,
J'aurai souffert, j'aurai langui longtemps !...
Vers son déclin, l'an vole à tire d'aile,
Mais à bientôt, mais, je vous attends.

J'aurai souffert, j'aurai langui longtemps,
Quand au jardin refleurira la rose.
Mais à bientôt, amis, je vous attends,
Pour égayer ma demeure morose.

Quand au jardin refleurira la rose,
Vous reviendrez, avec les fleurs d'avril,
Pour égayer ma demeure morose.
Sur mon vieux toit tinte le blanc grésil !...

Vous reviendrez, avec les fleurs d'avril.
Dans mon pays je voudrais tant vous suivre,
Mais sur mon toit tinte le blanc grésil.
Dans mon pays je saurai bien revivre.

Dans mon pays je voudrais tant vous suivre,
Bien loin d'ici, sous l'ombre des palmiers !,..
Dans mon pays je saurai bien revivre
Au bruit des mers, aux chansons des ramiers.

Bien loin d'ici, sous l'ombre des palmiers,
Joyeux, mon cœur folâtre et se hasarde
Au bruit des mers, aux chansons des ramiers.
— Adieu rayons, amis de la mansarde.

Cette pièce a obtenu une mention exceptionnelle au deuxième
concours du Parnasse en août 1877.

LE PETIT LIÈVRE BLANC

POÈME EN PROSE

Légende.

Jeannette était bonne comme le bon Dieu. C'était la meilleure enfant du village. Jeannette était belle comme une fée. C'était la plus belle fille du village, et peut-être aussi de la ville.

Un jour, elle vit dans son sommeil un bel archange aérien qui lui fit cadeau d'un gentil petit lièvre. Les lièvres ordinaires sont gris-roux, mais celui de l'ange était tout blanc, et avait dans ses yeux quelque chose de doux, de sympathique et de céleste. En même temps l'ange lui chuchota doucement à l'oreille : « Gardez ce petit présent, ma blonde Jeannette, cela vous fera souvenir de l'ange qui vous aime tant. » Et il disparut.

Tout de neige habillé, vêtu de lumière resplendissante, ayant au front une auréole de pierreries et de bijoux étincelants, il lui apparut encore et se jetant à ses genoux : « Jeannette, lui dit-il, oh ! viens, car je t'aime, viens que je t'embrasse. » Et comme Jeannette refusait, parce qu'elle était pure et chaste ainsi qu'une rose fermée encore aux baisers des papillons butineurs, et qu'il avait un visage de jeune garçon, — il se métamorphosa en lièvre blanc, et alors tomba la réserve de la jeune fille, et elle l'embrassa.

Lui s'envola tout joyeux vers le ciel. Le lendemain elle n'eut rien de plus pressé que de revoir l'objet de ses amours. A peine avait-elle fait son dernier signe de croix, sa dernière oraison, qu'elle courut au petit palais où gîtait son lièvre. Hélas ! il n'y était plus.

Grande fut sa peine. De grosses perles humides, Dieu sait s'il en roula le long de ses joues ; mais l'ange était là, et il les ramassait dans un calice d'azur diaphane. Quand il en eut compté trois cents, il allongea son bras rond et potelé comme celui de Jeannette, et il lui toucha légèrement l'épaule. Ce contact inconnu la fit tressaillir dans sa douleur, puis elle s'affaissa, en s'écriant, mais d'une voix espiègle et éteinte : « Je vois mon petit lièvre blanc ! Dieu est méchant de me l'avoir pris ! » Et elle s'envola dans l'air diaphane pour aller le caresser, et l'ange qui l'aimait vint à sa rencontre, et Dieu les bénissant dit à Jeannette : « Pour avoir bien aimé l'ange que je t'avais donné en fiançailles, il s'est changé en lièvre blanc que tu as bien nourri, bien soigné, bien caressé.

Pour avoir voulu le suivre aussitôt que tu l'as entr'aperçu dans la mousseline du ciel bleu, je te condamne à chérir ton lièvre-archange toute l'éternité ! » — Qui fut bien contente ?...

Le temps a fait des pas bien grands, bien grands. Ceux qui auraient été les arrière-petits-enfants de Jeannette sont arrière-grands-pères, mais l'éternité ne s'est pas décidée à mettre un pied devant l'autre, car l'éternité c'est : « Toujours. »

Jeannette aime toujours son petit lièvre blanc qui a sur sa tête fine et intelligente un diadème de trois cents perles qui sont les trois cents larmes par elle versées, et que l'ange a tressées avec le réseau céleste de son angélique amour.

PANTOUM

Las ! sans trouver un écho dans le monde,
Enfant rêveur j'ai chanté bien souvent.
Où vont mes chants ?— Dans la tombe profonde !
Où vont mes vers ? — Ils vont au gré du vent !..
Sur qui veut-on que mon espoir se fonde ?
Je n'aime plus le rêve décevant...

Enfant rêveur, j'ai chanté bien souvent
Sur les côteaux ainsi que dans la plaine.
Où vont mes vers ? — Ils vont au gré du vent
Qui vient gémir dans les branches du chêne.
Je n'aime plus le songe décevant
Dont autrefois las ! mon âme était pleine.

Sur les coteaux ainsi que dans la plaine,
Pauvre écolier, bien souvent j'ai chanté,
Lorsque pleurait la bise dans le chêne.
Je suis déjà privé de la gaieté
Dont autrefois, las ! mon âme était pleine :
De mes beaux jours rien, rien ne m'est rest resté !

Pauvre écolier, bien souvent, j'ai chanté,
Près de la source ainsi que sous le saule.
Je suis déjà privé de la gaieté...
Hélas ! la fleur s'effeuille au vent du pôle !...
De mes beaux jours rien, rien ne m'est resté,
La mort a mis sa main sur mon épaule.

Près de la source ainsi que sous le saule
Je recherchai le songe décevant...
Comme la fleur s'effeuille au vent du pôle,
Mes pauvres vers s'en vont au gré du vent !...
Quand l'espoir mit sa main sur mon épaule,
Enfant rêveur, j'ai chanté bien souvent.

Je n'aime plus le songe décevant,
Sur qui veut-on que mon espoir se fonde ?
Où vont mes vers ?... ils vont au gré du vent !
Où vont mes chants ? — Dans la tombe profonde !
Enfant rêveur, j'ai chanté bien souvent,
Mais sans trouver un écho dans le monde !

www.ingramcontent.com/pod-product-compliance
Lightning Source LLC
Chambersburg PA
CBHW070807260626
47161CB00006B/2183

9 7 8 2 0 1 9 5 5 9 3 8 0